# ZOU

Première édition dans la collection *lutin poche* : février 2000
© 1998, l'école des loisirs, Paris
Loi numéro 49 956 du 16 juillet 1949 sur les publications
destinées à la jeunesse : mai 1998
Dépôt légal : novembre 2002
Imprimé en France par Aubin Imprimeur à Poitiers

# Michel Gay

# ZOU

lutin poche de l'école des loisirs
11, rue de Sèvres, Paris 6ᵉ

Quand Papa et Maman
sont réveillés,
Zou a le droit de grimper dans leur lit.

Toc ! Toc !
« Vous êtes réveillés ? » demande Zou.
« On dort », répondent les parents.

Comment les réveiller sans se faire gronder ?

Il leur faudrait du café.

Beaucoup de café.

Dans des grands bols.
Avec du sucre. Et puis des céréales.
Et aussi une petite assiette de confiture.

Ça fait un grand petit déjeuner,

qu'on porte en faisant bien attention.

Raté !

Il faut tout recommencer !

Mais il ne reste qu'un fond de café.

Même pas de quoi remplir
la plus petite tasse de la maison.

Et pour bien réveiller Papa et Maman,
il faut des tasses pleines.

Si on prend des tasses de dînette,
elles seront pleines à ras bord.

Il en reste même pour la cafetière.

Cela fait un joli petit déjeuner,
très facile à porter.

Toc ! Toc ! Toc !
« Petit déjeuner ! » dit Zou.

« Hummmm !
Ça sent bon le café ! » disent les parents.
« Ça va nous réveiller ! »

C'est dur pour les grands zèbres
d'attraper des tasses de dînette.

« Je me mets entre vous deux
pour vous aider », dit Zou.

« Une tasse pour Mamaaaan… ! »

« Une tasse pour Papaaaa…! »

« Merci Zou !
Quel délicieux petit dé… jeu… ner… »

C'est bien un tout petit déjeuner, mais
ça ne réveille pas beaucoup. Juste le temps
d'un tout petit biz z z z z z z z z z z z z z z z z z z…